„sprich nur ein wort,
so wird meine seele gesund"
(Matthäus 8:8)

jo schäfer,
hannelore hubert [hrsg.]
sylka kramer

in sterben,
nacht und seele
hospizgedichte

Bibliografische Information
der Deutschen Nationalbibliothek:
Die Deutsche Nationalbibliothek verzeichnet diese Publikation
in der Deutschen Nationalbibliografie; detaillierte bibliografische
Daten sind im Internet über http://dnb.dnb.de abrufbar.

© 2014

Herausgebende: Jo Schäfer, Hannelore Hubert
Umschlagfoto: Sylka Kramer
Gestaltung: Klaus Kümmel, Jo Schäfer, Lars Gawronsky
Herstellung, Verlag: BoD – Books on Demand, Norderstedt
ISBN: 978-3-7347-3363-5

einklang

wolken am morgen 13

innenklang

wozu 17
diesen einen tag 22
das brot 23
der kelch 24
der riss 25
zeichen 26
dein klang 27
so viele fragen 28
traurigkeit 29
das herz 30
im sterben 31
wie leben 32
schmerzensboten 33
uns allen ein weg 34
wer ist zu weit gegangen 36
der vorhang 37
herbstfarben 38
grau und grau 39
dämonen 40
otter und kind 41
vollkommen 42
fort und fort 44
orkan 45

reif   46
ohne hoffnung   47
formlos   48
nicht zur verfügung   49
eisblumen   50
unter die haut   51
ich war wach   52
verwirrung   54
als der himmel auf die erde kam   55
schwarze löcher   56
wüsten   58
der in die wüste kam   59
wüstensand   60
draußenschau   61
kleine weisheit   62
audienz   63
geben   64
berühren   65
wächter der nacht   66
katzenexistenz   68
knospe sein   70
die schwarze raupe   72
das meer   74
tropfen im ozean   75
wald   76
sonne   77
dem sterben ersterben   78
im jenseits   79
wenn ich tot bin   80
ICH BIN   81

kein haus mehr   82
illusion   83
zu müde zum glauben   84
kein gebet   85
beten, wie?   86
wenn sterben ist   87
karsamstag   88
auferstehung   90
morgen   91
jedes wort   92
frage nach dem glück   93
zähmung   94
licht sei licht   95
der gesang gottes   96

ausklang

wolken ziehen weiter   99

diese erinnerungen sind aufgeschrieben in den dunklen nächten der seele.

sie sind zeugnis dessen, dass mit jedem sterben auch die vorstellung von gott stirbt und solange es eine vorstellung gibt, gibt es auch etwas, das sterben kann.

sterben ist der als schmerzlich empfundene prozess alles loslassen zu müssen, was von kindesbeinen an festzuhalten gelehrt wurde, vom teddybären über schulbücher und menschliche beziehungen bis hin zur idee von glück und leben.

frieden liegt in der versöhnung mit dem körper, der auch ohne all diese vorstellungen existiert, so wie dies als kleines kind möglich ist, dessen existenz nicht von einer vorstellung von gott abhängt.

das leben ist von sich aus entfaltung, ob seine formen und farben gemocht werden oder auch nicht.

mitten im bewussten sterben helfen die niederschriften zu erinnern, milde zu sein mit allem mögen und nicht mögen, allem sterben wollen und nicht sterben wollen, allen gefühlen und gedanken.

sie helfen zu erinnern, dass es nichts zum sterben braucht, nicht einmal diese erinnerungen.

sie sind zeugnis dessen, dass inmitten des sterbens die wüste wüste ist. ob sie kalt in der nacht, glühend am tag, unbarmherzig, ausweglos, eintönig benannt wird.

wüste und sterben sind auch ohne diese namen, was sie sind. nicht nur ein weg, nicht nur ein ende, nicht nur ein anfang.

einklang

wolken am morgen

die wolken am morgen
zulassen, ziehen lassen

den regen am morgen
zulassen, waschen lassen

das gewitter am morgen
zulassen, schütteln lassen

die blitze am morgen
zulassen, leuchten lassen

jedes unwetter ist wetter
jedes unheil ist heil

der tod der bäume
bricht die lichtung.

innenklang

wozu

[1]
ich habe mich bemüht
redlich zu leben

ich habe mich bemüht
ehrlich zu sein

ich habe mich bemüht
das herz hinzuhalten

ich habe mich bemüht
tugenden zu üben

ich habe mich bemüht
den geist zu beruhigen

ich habe mich bemüht
den frieden zu leben

ich habe mich bemüht
wach zu sein

ich habe mich bemüht
disziplin zu halten

ich habe mich bemüht
die tür zu öffnen

ich habe mich bemüht
die gedanken zu reinigen

ich habe mich bemüht

[2]
der geist ist
verwirrter denn je
ohne zusammenhang
ohne anbindung
ohne logik
ohne gedankenfolgen
wirres durcheinander
das aggressionen
kämpfe, krämpfe
hineinwirkt
in einen strudel
aus irrlichtem
flackern

wozu all die mühe?

ich habe mich bemüht.
ehrlich zu sein.
ich habe mich bemüht.
redlich zu sein.

ich habe es versucht.
jahre um jahre.

wozu?

[3]
wenn diese frage auftaucht
ist etwas existenzielles geschehen

vielleicht
war die angst stärker
als die liebe

für nur einen augenblick
vermag dies der abgrund
der hölle zu sein

aus der nicht zu entkommen ist
- die todesangst
eines menschen -

so sehr es auch das bemühen
ein leben lang gab, ist sie
botschaft der hoffnungslosigkeit

und der einen frage „wozu?"

dann hilft nur eines:
mitgefühl

mitgefühl
mit diesem einen ich

das die frage kleinlaut stellt
oder lauthals hinausschreit

mitgefühl
mit aller existenz

mit aller mühe
aller hoffnungslosigkeit

mitgefühl
mit aller höllenqual

und wenn da kein mitgefühl ist:
zulassen, zulassen, zulassen

die verzweiflung
die traurigkeit

die verwirrung
das andershabenwollen

die irrsinnigkeit
und eben auch die ganze ohnmacht

der frage: wozu?

der aufschrei hat seinen grund
dort, wo existenz beginnt

als lebendiges dasein

bis unter die zehennägel
weh zu tun

mühe
ist immer vergebens
wenn in der zeit
nicht gesehen werden kann
was die frage verbirgt:
wozu?

diesen einen tag

komm nicht
und geh nicht

bleib nicht
und lebe

diesen einen tag
jetzt.

das brot

das gesicht des anderen
in der abendsonne
und tränen

das brot in der hand
und im herzen die bitte
es zu brechen

und im teilen und essen
zu bleiben dem, der in tränen
kommt und bittet

in der abendsonne
in winter, wald, kälte
ein herz, ein suchendes

das brot in der hand.

der kelch

vorüber gegangen
an mir
ist der kelch
der bittre

bis zum tag
als ich starb
in finsternis
nacht

warum
rufe ich
und antwort wartet
vergeblich

hast du mich
verlassen
mein licht
warum

zu viel tod
ist zu viel
der kelch, der bittre
zu bitter.

der riss

der riss im bild
aus blattgold auf nacht

der riss durch fließendes
licht hindurch

zerriss die eine
illusion: gott.

zeichen

du warst mir gottes zeichen
botin eines anderen himmels
war das wirklich täuschung?

dein licht machte mir mut
selbst licht zu sein
war ich derart verblendet?

deine zartheit, deine liebe
deine hingabe, dein staunen
war denn alles illusion?

wenn es keinen boden gibt
und keinen himmel
was bleibt dann noch?

und wie kann ich jemals
wieder glauben dem licht
der liebe, dem staunen?

wenn es gottes zeichen
nicht mehr gibt.

dein klang

dein licht half mir
mich seiner zu erinnern

es war mir heimat
geheimnis, staunen

und eben auch: erinnerung
an das geheimnis der liebe

und ohne deine erinnerung
ist da kein licht mehr

kein geheimnis, kein staunen
keine liebe

ohne licht ist mir gott
nicht mal mehr erinnerung.

so viele fragen

das leben in zweifel gezogen
jede frage, die du fragtest

die sehnsucht nach dem tod
kam durch die hintertür

nicht nach dem daseinszweck
nur einzig nach dem sinn

warum stehen wir auf füßen
und fliegen nicht

warum reden wir vom wetter
und die sonne bleibt grau

warum halten wir uns fest
wenn wir schweben könnten

warum atmen wir laut
statt zu ruhen

warum stellen wir so viele fragen
und halten sie nicht aus

die steine sind schwer, die schritte
und auch der regenasphalt.

traurigkeit

alles, was ich sehe
ist schutt und asche
und musik

alles, woran ich glaubte
liegt brach, in tränen brach
und klingt

alles, was mir herberge war
ist nicht mehr, kein haus, kein garten
nur ein einziger ton

ein einziges universum
aus klang und stille
und tränenfluss

ein ton

aus wasser, das trägt
den, der darauf wandelt
sich, das leben, die traurigkeit

ein ton

und ich, werde ich tragen
den klang, die stille, die traurigkeit
den wandel?

das herz

das offene herz
blutet
die schmerzen

hinhalten
die schmerzen
das herz. blutet

offen halten
die schmerzen
wegt leben

lebens-
blutende herz-
lebendigkeit

warmes
offenes herz
im jetzt

ist ewigkeit
ist schmerz auch
ewigkeit.

im sterben

gütig sein
mit den gedanken

und gütig
mit der gedankenlosigkeit

gütig sein
mit den schmerzen

und gütig
mit der gefühllosigkeit

gütig sein
in all der verwirrung

und gütig
mit der verzweiflung

hilft gütig sein
der gegenwart

die auf mich wartet.

wie leben

im bewegtsein
bleiben, knien, niederwerfen

im erstarrtsein
gehen, laufen, tanzen

und mutig
hinschauen

aus erstarrung gehen
in bewegung bleiben

und leben
heilen.

schmerzensboten

nachsichtig sein mit den schmerzen
sie tun ihren dienst seit alters her

sie weissagen die nacht, weissagen
den tod und auch die heilung

die schmerzen sein lassen
braucht mut zum sterben

und mildes hingeneigtsein
jedem schmerzensboten

seiner weisheit zu lauschen
dem ungelösten, lösenden

und hinnehmen die botschaft
so schmerzlich sie auch ist.

uns allen ein weg

heute ist ein tag
an dem ich verstehe
dass du meinen weg
mutig nennst

heute ist ein tag
an dem ich mich frage
warum ich tue
was ich tue

heute ist ein tag
an dem ich nicht weiß
wie ich aushalte
was ich aushalte

wir brauchen einander

ich brauche dich
die du meinen mut
sehen kannst

und du brauchst mich
der mir nichts anderes bleibt
als mutig zu sein

so halten wir einander

ich halte dich
die du mutig
mir vertraust

und du hältst mich
die ich es brauche
dein vertrauen

und ja: wir glauben einander

ich glaube dir
und du glaubst mir
diese meine heilung
die uns allen gilt

mögen wir der frieden
von morgen sein.

wer ist zu weit gegangen

ich oder gott
oder gott mit mir

oder gott ohne mich

kreuze, gräber
auferstehungsgärten

selbst der himmel
hat sich mir eröffnet

in all der offenbarung
fehlt mir nun der mensch

der ich war
der ich wurde

wo ging ich hin?
wo kam ich her?

wo ist dieses ich?

und wer oder was
ist zu weit gegangen?

der vorhang

mit entsetzlich
schmerzensschrei
zerriss der vorhang

in zwei teile

sank zu boden
zur rechten
und zur linken

das alte starb

und nichts mehr, das umhüllte
und nichts mehr, das verbarg
und nichts mehr, das noch schützte

nackt und bloß

aus der tiefen mitte
brach sich licht, strahlend
bis zum heut'gen tag.

herbstfarben

gelber ahorn
goldne buche
rote eiche

der herbst blüht.

grau und grau

morgengrauen
abendgrauen

nacht, mittag
grauen

mitternachtgrauen

morgen
morgengrauen.

dämonen

ich habe heute
meinen dämonen
die liebe erklärt

sie haben angst
meine dämonen
vor der liebe

also habe ich
der angst
die liebe erklärt

in ihrer angst
haben nun
meine dämonen
eine geliebte angst

und haben mehr liebe
als wenn ich heute
meinen dämonen
die liebe erklärte.

otter und kind

am tag hatte ich angst um das kind
und angst vor der otter
und angst vor dem himmelreich

mitten in der nacht
war ich otter
und die otter durfte otter sein

mitten in der nacht
war ich kind
und das kind durfte kind sein

und das kind spielte mit der otter
und kind und otter
waren eins im spiel

und am morgen war ich ganz
ganz kind
und ganz otter

und ganz himmelreich.

vollkommen

ich bin vollkommen
in allen schmerzen und leiden

allem großen und kleinen
in aller hoffnung und ohnmacht

ich bin vollkommen

wenn ich wach mich fühle
müde und verloren

traurig, zermürbt, verwirrt
lebendig und klar

wenn ich mir wertlos bin
unwürdig, belanglos, vertrauend

ich bin vollkommen

in aller ausweglosigkeit
in angst, zweifel, mut

wenn ich zerbreche und heile
aufstehe und untergehe

wenn ich geliebt mich fühle
gehalten, geborgen, verlassen

ich bin vollkommen

wenn ich an mich glaube
durch den tag springe

am boden liege
sehne und weine

wenn ich lache und schreie
und alles tut mir dabei weh

bin ich vollkommen
vollkommen mensch.

fort und fort

je mehr ich
dem strand gehöre
werde ich fortgespült

je mehr ich
dem meer gehöre
werde ich fortgetragen

land oder meer – welche fragen
fort und fort

gehe ich unter.

orkan

sturm bin ich
auge des orkans

alles dreht sich
wirbelt herum, reißt

zerreißt

um die mitte
toben die gewalten

reißen
bin ich und still

steht alles
im auge des orkans.

reif

reif auf den feldern
der nebel hebt sich

keine sonne
noch nicht

ich schaue noch einmal
den reif

warte

doch die sonne
geht nicht auf.

ohne hoffnung

ohne hoffnung
zieht die wärme
in den süden
und die kälte
tiefer in den nacken

ohne hoffnung
schwindet das goldene band
am horizont
und der regen schlägt
gegen das fenster

ohne hoffnung
geht der tag
und die nacht
kommt gewaltiger
und dunkler als zuvor.

formlos

lasst mich gehen
ich habe es versucht

das leben, in allen farben
die zugänglich waren

entlasst mich
aus dem zugang leben

das wieweiterformen
die gestalt, die idee

die tragende
fehlt.

nicht zur verfügung

der tag
steht nicht zur verfügung

die nacht
verweigert ihren dienst

die dämmerung
weiß auch nicht wohin

niemandes tag
niemandes nacht

kein fliehen
kein widerstehen

einstehen wofür
tag, nacht, dämmerung

steht nicht zur verfügung.

eisblumen

eisblumen
am fenster

vergangenheit
schnee

gestern
kommt erinnerung.

unter die haut

lieder der nacht
tauchen ein
in das leben
ruhen aus
und klingen weiter

lichter der nacht
tauchen ein
in die herzen
ruhen aus
und leuchten weiter

flügel der nacht
tauchen ein
in die träume
ruhen aus
und fliegen weiter

schreie der nacht
dringen ein
unter die haut
tiefer
und tiefer.

ich war wach

ich war wach
gegenüber der benommenheit
am morgen

ich war wach
gegenüber deinen
und meinen schmerzen

ich war wach
gegenüber verwirrung
und schwere

ich war wach

was bleibt dann noch zu tun
wenn wachsamkeit üben und güte
am morgen, abend, bei tag, nacht
nicht reicht den versuchungen
heimsuchungen standzuhalten
inmitten all der irrlichtigkeit?

ich war wach
gegenüber gott, rief um erbarmen
betete, bat, schrie
um hilfe

ich war wach
und die dumpfheit nahm zu
die lähmung - es schwand
das licht, das empfinden

ich war wach
gegenüber aller gefühllosigkeit
und nur der alkohol minderte
die verzweifelte lage.

verwirrung

verwirrung ist ein wirbelsturm
der alles vernichtet
hinstreckt, richtet

was noch nicht in den äther
gelangt ist, was noch nicht
mit dem fluss gegangen

wiederkehr des prüfenden
das ins feuer hineinhält
jahrhundertbäume, samen

verbrennt die illusion
verbrennt die hoffnungen
die ängste, fragen

feuersbrunst fegt hinweg
rauchschwaden ersticken
verwirrung.

als der himmel auf die erde kam

als der himmel auf die erde kam
ging ich durch die hölle

und weil der boden ihr entrissen
weinte die erde aus allen wunden
und erbrach sich in schollen

riss auf bis in die grundtiefen
und ströme ergossen sich
aus glut und kochendem gestein

die kontinente erbebten
die landstriche verbrannten
die meere standen turmhoch wellen

und die geister schrien erbarmen
und niemand erbarmte sich

und die seelenklänge zerbarsten
und niemand heilte

als der himmel auf die erde kam
ging ich durch die hölle

und der feuerschlund fauchte
und ich klammerte in todesangst
an den krusten der vergangenheit.

schwarze löcher

kolkraben, dohlen
nebelkrähen
und wie sie alle heißen

schreiten breitbeinig
mit rhythmischer
kopfgymnastik

eine spur zu stolz
den seelenweg
entlang

und picken die saat
korn für korn
aus den furchen

lange jahre arbeit
schimpfen sie
erbärmlich

hacken mit den schnäbeln
die verwirrung
ins unermessliche

zehntausend vogelscheuchen
lachen sich tot
ob der versuche

abgrundtiefe löcher
mit oberflächlichkeiten
zu verjagen

der saat beraubt
schau ich wütend
den verfressenen nach.

wüsten

ausgedörrt der glauben
und die hoffnung

verbrannt
in der wüste

trockenheit
nacht

und in allem
die sehnsucht

dass die liebe
nicht auch noch erkalte.

der in die wüste kam

ein nacktes ohr
als einsamer rufer in der wüste

rettete aus der hand des einzigen
der in die wüste kam

einem geliebten gleich
legte sich der kopf auf die schulter

und er hielt die hand und spielte
mit der sorge um das leben

der sorge um das brot bei nacht
zu wandeln aus stein des herzens

so vertraute sich der geist ihm an
und das herz aus stein

und nur ein einsamer wächter
rief sich die kehle aus dem leib

das ohr schrie
den dornen erneut zu brennen

das ohr, das einsam rief
heiligte die wüstennacht.

wüstensand

sand verbrennt die haut, die kehle
den durst nach oase - was soll mir
die oase nach einer wanderung
von fata morgana zu fata morgana

ich lasse die illusion. ich lasse mich
sinken in den sand. über mir die weite
des sternenhimmels, in der nacht
erfriere ich.

draußenschau

wo ist gott
wo ist glaube
wo ist licht

wo ist freude
wo ist heilung
wo ist liebe

wo ist frieden
wo ist weg
wo ist himmel

in mir
ist die antwort
in mir.

kleine weisheit

wenn zwei menschen
zur selben zeit

ihre angst
durchschreiten

ist der himmel
nur noch

ein natürliches selbst-
verständnis

das blau ist blau
und die katze eine katz

und die sonne scheint
auch in der nacht

mit dem mond vereint
durch himmel

und hölle, die niemals
mehr war

und jemals gewesen
sein wird.

audienz

ich bin ein königliches kind
ich fühle mich wohl im thronsaal
neben dem thron auf dem boden
sehe ich den ernst der lage
in einem glanzvollen licht
von unten her scheinen
die luister aus kristall und kerzen
wie farbenfrohe gespielinnen
im angesicht der besorgt
durchreisenden
die um audienz ersuchen
für die dauer einer geschäftszeit.

geben

was ich der welt zu geben habe
ist mein gebet

das hineinnehmen
dich, mich, uns, alle
im reden, denken, handeln

das verschenken
dich, mich, uns, alle
ans träumen, wachen, lieben

das hingeben
dich, mich, uns, an alle
sinne, allen sinn, alles sein

was ich der welt zu geben habe
ist mein gebet.

berühren

solange dieser körper hier
da ist, möchte ich

da sein

mit den händen, dem lachen
den geschichten

berühren

mit den tränen anrühren
mit den fragen

rühren

an den schlaf
der versunkenheit.

wächter der nacht

vielleicht braucht es
einen wächter der wacht
der den nächtlichen klang
zu seinem macht

vielleicht braucht es
einen, der betet und singt
damit die nacht auch
am tage noch klingt

vielleicht braucht es
einen leuchtenden turm
vielleicht braucht es
einen, der aushält im sturm

vielleicht braucht es
einen, der weiß um das licht
und der in finsterer zeit
davon spricht

vielleicht braucht es
einen, der das meer kennt
der die weite des ozeans
als weite benennt

vielleicht braucht es
einen, der auf see war erkrankt
und der weiß, wie es ist
wenn der schiffsboden schwankt

vielleicht braucht es
einen, der das land sieht
der mehr als nur ahnt
was im tode geschieht

vielleicht braucht es
einen wächter, der wacht
der das licht des lebens
zu seinem macht.

katzenexistenz

eine katze
ist eine katze

wenn ihre existenz
mich heilt

werde ich sie streicheln
werde ich sie füttern

auch wenn sie nicht
mit mir spricht

auch wenn ich nicht
wissen kann

ob sie wieder kommt
wenn sie geht

und wann sie geht
wenn sie wieder kommt

----

wenn ihre existenz
mich heilt

werde ich sie umsorgen
hegen, pflegen, liebkosen

werde ich ihr
nahrung hinstellen

auch wenn sie nicht
um mich streicht

auch wenn sie sich nicht
streicheln lässt

werde ich ihr
nahrung hinstellen

auch wenn sie
lange nichts frisst

werde ich da sein
für ihr wohl

----

wenn ihre existenz
mich heilt

ist es für die heilung
mehr als genug

dass die katze
eine katze ist.

knospe sein

hat sich die knospe jemals gefragt
warum sie gerade
dieser pflanze wächst

und warum sie warten muss
auf den frühling
obwohl sie im herbst schon da ist

warum sie sich nur der sonne
und nicht auch dem regen öffnet
oder dem schnee

und warum der sturm sie nicht reißt
dafür aber vor der zeit
ein hase frisst oder ein reh

kann es sein, dass die knospe
sich hinhält dem leben
sich nicht wehrt

dass sie geschehen lässt
winter, frost, dunkelheit
und zerren und rütteln am dasein

und eben auch die entfaltung
die durch sie das licht
des frühlings erblickt

kann es sein, dass die knospe
ohne zu fragen
im wachsen und werden

einfach knospe ist?

die schwarze raupe

die schwarze haarige raupe
welche die brennnessel frisst

erinnert mich, dass auch ich
einmal aus mineralien war

und zur brennnessel wuchs
bis ich gefressen wurde

von einer schwarzen
haarigen raupe

und im gefressenwerden
und der nessel sterben

als raupe mich wieder fand
über der erde kriechend

bis ich mich hineinspann
zur puppe, die glieder erstarrt

so harrte ich, ungewiss des tages
ob und wann da wandlung käme

bevor ich zum mineral
im dunklen boden erstarb

und es kam die wandlung
zwischen raupe und erde

war da ein himmel, weiter
und höher und lichter

war da ein fliegen, schweben
ein gleiten durch alle gezeiten

mit schmetterlingsflügeln
ein in die sonne halten

und alles war freude
im großen und kleinen

die kinder haschten nach mir
und gaben mir namen

nachdem ich gefressen
von einer schwarzen raupe

war aus nessel und raupe
ein tagpfauenauge.

das meer

segeln trauen sich
die schiffe im wind

die fahrt flaut
mit der brise

warten
ist reise.

tropfen im ozean

ich bin ein tropfen im ozean
ich bin ein schiff auf hoher see
ich tauche in die wellen ein
und du hebst mich hinauf

und falle ich auf heißen stein
dass tagesglut mich leicht verbrennt
so bleibe ich als wasser doch
der tropfen, der ich bin

und reißt mich sturm in finsternis
als wolke an des berges rand
so stürze ich als quelle noch
flussabwärts in das meer

und sinke ich auf tiefen grund
gleich einem wrack dem tod geweiht
ich berge in mir einen schatz
den es zu heben lohnt

du lebenstropfen neben mir
sei mit mir wellenberg und tal
gemeinsam bis zum horizont
sind wir ein ozean.

wald

ein hochsitz
ein einsamer

ein verirrter falke
eine lichtung

hinauf
schwingt sich

die freiheit.

sonne

fort sind die flocken
aus schnee

die sonne brach
den ast entzwei

neues
will werden.

dem sterben ersterben

als ich zum buddha
ersterben wollte

im sitzenden lotos
mit geschlossenen augen

versunken, erlag ich
dem feinen, leisen

leichten wuseln
einer maus im schoß

lebendiger
weckt sie das leben

und weckt das ersterben
dem sterben

weckt mit gestorbenem
wollen zum buddha

erwachendes leben
als maus und schoß.

im jenseits

also, ich war drüben
im jenseits

und habe einen blick gewagt
ins diesseits

und da sah ich
krieg und waffen

und ich seufzte
denn ich sah noch mehr

ich sah apfelbäume

krieg und waffen
sind vergänglich

aber apfelbäume!

wo im jenseits
gibt es apfelbäume?

wenn ich tot bin

ich
werde ich
werde ich sein
werde ich licht sein
werde ich vollkommen licht sein
werde ich vollkommen sein
werde ich vollkommen
werde ich
ich.

ICH BIN

mensch. flamme. tot
alles. nichts. christus
licht. liebe. gott

ich bin

ich.

kein haus mehr

als ich zurückkehrte
war da kein haus mehr

als ich den garten betrat
wurde der boden zu nebel

als ich den nebel durchschritt
löste sich alles

niemand und nichts
das noch ein haus betritt

kein boden
kein nebel

das vergängliche
ist vergangen

ich war.

illusion

niemand kommt
niemand geht

die nacht ist nicht nacht
der tag ist nicht tag

die sonne scheint immer
alles ist illusion

niemand kommt
niemand geht.

zu müde zum glauben

ich kenne die nacht
oft, zu oft

da kein mensch ist
und kein gott

du sagst, der morgen
bricht an

doch am abend
dämmert derselbe

horizont.

kein gebet

ich bete nicht zu gott
ich halte mein leben hin

ich preise gott nicht
ich gebe mein leben hin

ich danke gott nicht
ich nehme mein leben hin

ich sterbe nicht zu gott
ich bete mein leben hin.

beten, wie?

alles, was namen hat
anrufen um hilfe

um beistand und frieden
und atem und licht

anrufen die engel
auch ohne sie zu kennen

ohne zu glauben
rufen nach gott

den himmel anflehen
die wolken, die sonne

die schwärze der nacht
anschreien um erbarmen

niederwerfen vor allem
was gütig ist und milde

und rufen, rufen, rufen.

wenn sterben ist

wenn sterben ist
und nacht und seele

ist aus nichts und schrei
kein wiegenlied

verborgen sind das licht
und die güte der hand

die gemeinsam
wache halten

in nacht und sterben
ist nicht mal die seele.

karsamstag

da liegst du nun
in diesem dunklen loch
mit aufgeschlitztem bauch
und wunden tief bis auf die knochen

du hast dir das alles anders
vorgestellt, mit reißendem vorhang
und neuem tempel
und einem engel vor der tür

das schlimme ist nicht
dass du allen erzählt hast
es gäbe diesen rettenden gott
schlimm ist: du hast selbst daran geglaubt

tröste dich
der mit den dreißig silbergroschen
hat sich auch erhängt
weil er das falsche glaubte

sie haben ihn
auf den schindanger geworfen
selbst nach tausenden jahren noch
in ihrer ewigen sucht nach schuld

als ob ein mensch
der sich das leben nimmt
nicht genug gelitten hat

was erwartest du

dass dein geist
mit einem selbstmörder vereint
über das wasser schwebt?

selbst wenn es dir
zum auferstehen helfen würde

solange deine zeugen
diesen himmel nicht begreifen
wirst du noch bleiben müssen
im ewigen grab

die ohnmacht auszuhalten
und das sterben
das einsame.

auferstehung

behutsam
schaut jemand zum grab

behutsam
eine erste begegnung

behutsam
ein weitergehen mit zweien

so fängt alles an
alles auferstandene

leben.

morgen

morgen ist ein tag
und übermorgen

tag und nacht
sind gleich

in den stehenden
sternen.

jedes wort

jedes wort
ist ein möbel
vor dem fenster
durch das licht fällt

jedes wort
ist ein gegenstand
zu viel
im haus

jedes wort
trennt mich
von dieser einen
gegenwart.

frage nach dem glück

auf der stirn
falten, ja

in der hose
löcher, unendlich

und im herzen
ein lied

und dann fragst du
noch immer

nach dem glück?

zähmung

dämonen sind wie raubtiere
die es zu zähmen gilt

in die mitte der manege
kommen sie herein

ein tier nach dem anderen
löwen, schlangen, drachen

hast du angst
ist das ende gewiss

bleibst du dir treu
als dompteur

und siehst sie als das, was sie sind
achtbare tiere

liegen sie dir zu füßen
und folgen den weisungen

bis zum ende.

licht sei licht

möge das
abgrundtiefe herz

im todestor

den regenfrieden
erkennen

licht sei licht.

der gesang gottes

der gesang der vögel am morgen
ist der gesang gottes

der gesang der vögel am abend
ist der gesang gottes

das klare licht der sterne bei nacht
ist das licht gottes

das klare licht des himmels bei tag
ist das licht gottes

jede zeit hat ihre erinnerung
an das woher und wohin

und wodurch gott sich zeigt
in klang, licht, erinnerung.

ausklang

wolken ziehen weiter

die wolken entstehen
die wolken lösen sich auf

die gedanken entstehen
die gedanken lösen sich auf

die leben entstehen
die leben lösen sich auf

wolken kommen
wolken gehen

der himmel bleibt.